AF185751

1

Martina I. E. Feldmann
Kurzgeschichten

Kurzgeschichten
Martina I. E. Feldmann

Herausgeber: Tredition Verlag

Seitenverzeichnis:

Impressum:

© 2023 Martina I. E. Feldmann
Illustriert von: Walburga Behrens
ISBN Softcover: 978-3-384-13764-7
ISBN-E-Book: 978-3-384-13765-4
Druck und Distribution im Auftrag :
tredition GmbH, Heinz-Beusen-Stieg 5, 22926
Ahrensburg, Germany
Das Werk, einschließlich seiner Teile, ist
urheberrechtlich geschützt. Für die Inhalte ist
verantwortlich. Jede Verwertung ist ohne unzulässig.
Die Publikation und Verbreitung erfolgen im Auftrag ,
zu erreichen unter:
tredition GmbH, Abteilung "Impressumservice",
Heinz- Beusen-Stieg 5, 22926 Ahrensburg,
Deutschland

01. Einleitung

In diesem Büchlein findest du mehrere kleine, unterschiedliche Geschichten. Einige davon hat die Autorin persönlich erfahren, während andere ihrer Fantasie entsprungen sind.
Freue dich auf besinnliche und humorvolle Kurzgeschichten.

Viel Spass beim Lesen!

02. Der Besserwisser

Jeder von uns hat wohl mit ihm schon Bekanntschaft gemacht. Meistens treffen wir ihn in der eigenen Familie, aber auch bei Freunden und weitläufigen Verwandten ist er vertreten.

Wer hier gemeint ist, fragen Sie sich.
Na, wer wohl?
Der Besserwisser!

Dieses Exemplar der Gattung Mensch steht nach seiner Auffassung aufgrund seines eingebildeten Wissens über jeden anderen Menschen. Er ist in jedem Thema bewandert, egal ob es sich um Politik, Internet, Musik oder was auch immer handeln mag.

Er weiß über alles Bescheid und gibt, ohne dass wir ihn dazu aufgefordert haben, ungefragt seinen Senf zu allem dazu.

Nehmen wir zum Beispiel einmal an, ihr Kind liegt mit hohem Fieber im Bett. Sie, als Mutter, wissen nicht was, ihm fehlt. Was tun sie?
Na Logo, sie rufen den Kinderarzt.
Nicht so, der Besserwisser!
Er ist ja klüger als jeder Arzt. Sofort ergreift er die ihm erforderlichen Maßnahmen.

Leidtragender ist in diesem Fall natürlich das Kind. Es muss ja die Prozedur über sich ergehen lassen, ohne sich wehren zu können.

Wenn sie versuchen, dem armen Wesen zu helfen, dann dürfen sie sich anhören, dass sie ja keine Ahnung von Krankenpflege hätten. Nur das Komische an der Sache ist dabei oft, der Besserwisser auch nicht, weil er:

Vielleicht kein Kind hat!
Noch nie ein krankes Kind pflegte!
Sich auch mit den Pflegemitteln, die ein Kind dringend benötigt, nicht auskennt!

Aber wird er das zugeben?
Niemals?
Dann müsste er ja vor uns eingestehen, dass er von der Materie keine Ahnung hat.

Wie soll man nun mit so einem Exemplar der Gattung Mensch umgehen?
Da kann ich Ihnen leider auch keinen Ratschlag geben. Das müssen sie schon selber herausfinden.

Ich für meinen Teil verschließe einfach die Ohren und tue so, als höre ich zu, wenn mein Besserwisser wieder mal seine Weisheiten über mich ergießt.

Eine andere Methode ist, ich stelle mich schlafend. Dann steht er auf und geht. Aus reiner Höflichkeit.

Wenn sie aber so eine Menschenart bei sich zu Hause leben haben, geht das nicht. Der bleibt und verfolgt sie sogar ins Schlafzimmer.
Auf jeden Fall wünsche ich Ihnen allen, die so einen Besserwisser kennen, viel Glück und behalten sie die Nerven.

03. Der Schreiber

Jeden Tag sitzt er da und starrt auf das leere Blatt Papier, welches vor ihm liegt. Gedankenverloren kaut er auf seinem Bleistift herum. Sein Kopf ist vollkommen leer. Nichts, aber auch gar nichts will ihm einfallen, was er zu Papier bringen kann.

Aber die Zeit drängt. Der Verlag, die Leser warten und seine Familie, die von dem lebt, was aus seinem Geiste entsteht, ebenfalls. Heute ist es anders. Er fühlt sich ausgelaugt und verloren. Warum war er bloß jemals auf den Gedanken gekommen, Autor werden zu wollen? Wie beneidet er seinen Nachbarn, der faul im Liegestuhl in der Sonne liegt und sich bräunt. Er dagegen sitzt hier an seinem Schreibtisch und hofft, dass ihm bald die Erleuchtung kommt.

Unten wird die Haustür zugeschlagen. Sein Sohn ist von der Schule nach Hause gekommen. Gleich darauf tönt laute Musik durchs Haus. Wütend reißt er die Tür auf und brüllt:

„Ruhe, wie soll sich da ein Mensch konzentrieren!"

Mit einem Knall fliegt die Tür ins Schloss und er sitzt wieder am Schreibtisch, vor dem immer noch leeren Blatt Papier und kaut weiter auf dem Stift.

Immer noch liegt der Nachbar im Liegestuhl, diesmal aber steht ein kühles Bier vor dem Mann und ein Teller mit gegrillten Würstchen. Der Duft zieht in das Zimmer des Schreibers und bringt das Wasser in seinem Mund zum Laufen und den Magen zum Grummeln. Entnervt schmeißt er den Stift hin und riegelt das Fenster auf. Er schwingt ein Bein über das Fensterbrett, dann das nächste. So sitzt er da und starrt in die Sonne, die hoch am Himmel steht. Er starrt so lange in ihr Licht, bis seine Augen anfangen zu tränen.

Es ist eben kein leichtes Brot, zu schreiben. Immer wieder etwas zu Papier bringen zu müssen, wovon man leben kann. Wer das noch nicht versucht hat, der weiß nicht, wie schwer es ein Schreiber hat. Ja, so mancher

Schreiber wünscht sich, niemals einen Stift in die Hand genommen und stattdessen einen anderen Beruf ergriffen zu haben.
Aber trotzdem bleibt er dem Schreiben treu, denn sie ist für ihn wie eine Geliebte, die immer wieder neu erobert werden will und eben das liebt er an der Schreiberei.

04. Ehekrise

Wie jeden Morgen, seit ein paar Wochen, betritt Elke unausgeschlafen die Küche.
Bernd hat bereits den Kaffee durch die Maschine laufen lassen und hält seiner Frau eine dampfende Tasse entgegen.

„Guten Morgen, mein Schatz! Gut geschlafen?"

Mit spitzen Lippen führt Elke die Tasse zum Mund und trinkt. Gleich darauf verzieht sie angewidert das

Gesicht. Warum muss ihr Mann immer zu viel Zucker in den Kaffee tun?

„Nein, überhaupt nicht! Wie denn auch, du hast ja die ganze Nacht geschnarcht."

„Kann gar nicht sein!"

Bernd sieht Elke entrüstet an.

„Ich und schnarchen. Das musst du geträumt haben!"

Elke greift zur Kanne und schenkt sich eine neue Tasse Kaffee ein. Diesmal aber gibt sie selbst Zucker hinein.
Dann öffnet sie die Kühlschranktür. Ein Blick in dessen Inneres zeigt ihr, dass es Zeit wird, ihn wieder aufzufüllen.
Bernd hat sich hinter sie gestellt und eine Hand sanft auf ihre Schulter gelegt.

„Liebes, wäre es nicht angebracht, endlich den Arzt aufzusuchen. Seit Wochen machst du nun kein Auge zu. So kann das nicht weitergehen!"

Elke knallt die Kühlschranktür zu.

„Da gebe ich dir vollkommen recht. Vor allem, weil du der Grund bist, warum ich nicht schlafen kann. Jede Nacht dieses Konzert. Nicht zum Aushalten. Habe sogar schon daran gedacht, dass ich ins Gästezimmer umziehe."

„Ins Gästezimmer! Aber wieso denn das? Wir schlafen

doch seit mehr als zehn Jahren zusammen."

„Eben, Bernd! Zeit für ein paar Veränderungen! Wir stehen jetzt beide in der Mitte unseres Lebens und sollten offen sein für einen Neuanfang. Ich für meinen Teil wollte schon lange eine Weltreise machen."

„Eine Weltreise? Das hast du mir nie erzählt. Wusste nicht, dass du so gern reisen willst."

„Du weißt so vieles nicht von mir, mein Schatz. Du hast noch nicht mal bemerkt, dass sich deine Schwiegermutter in der Wohnung befindet."

„Deine Mutter ist hier? Wann ist sie angekommen? Was will sie hier? Wann fährt sie wieder?"

„Da sieht man es mal wieder? Du bemerkst nichts!"

Elke hat sich an den Küchentisch gesetzt und sich eins von den frischen Brötchen gegriffen, die Bernd jeden Morgen in aller Frühe vom Bäcker holt.

Bernd hat sich ebenfalls gesetzt. Erwartungsvoll sieht er seine bessere Hälfte an. Endlich bequemt sich Elke zu antworten.

„Mutti ist seit gestern hier. Sie hat einfach Lust gehabt, ihre Tochter zu besuchen und sie kann bleiben, solange es ihr gefällt. Oder hast du etwas dagegen?"

Drohend sieht Elke Bernd an.

„Nein, nein! Wie sollte ich auch? Aber deine Mutter und ich sind uns nicht grün."

„Und woran liegt das? Doch nur an dir! Wieso musst du dich, sobald Mutti uns mal besuchen kommt, gleich mit ihr streiten?"

„Weil sie mich zur Weißglut treibt. Immer hat sie an mir was auszusetzen. Nichts kann ich ihr recht machen. Denk doch mal an ihren letzten Besuch. Ich habe euch zum Essen im schickesten Restaurant der Stadt eingeladen. Und was passiert? Meine Schwiegermutter lästert über mein Outfit."

„Kein Wunder! Mutti und ich hatten uns in Schale geworfen. Du dagegen aber, trugst deine älteste Hose und den Rollkragenpullover, der wie ein Sack an dir herunterhing. Was habe ich mich geschämt und die Blicke erst von dem Kellner, der uns bediente! Nicht zu vergessen, die von den anderen Gästen."

„Na und, ich liebe nun mal diese Sachen!"

„Dagegen habe ich ja auch nichts. Aber musstest du sie ausgerechnet tragen, wenn wir mit Mutti essen gehen?"

„Deine Mutter sah in ihrem Blümchenhängerkleid auch nicht gerade elegant aus", kontert ihr Mann. „Das Kleid hat sie garantiert vom Flohmarkt gekauft. Ihr Geiz ist wirklich sprichwörtlich."

„Mutti ist nicht geizig. Nur sparsam!"

17

„So, sparsam nennt man das, wenn meine liebe Schwiegermutter uns alle paar Wochen überfällt, uns die Haare vom Kopf isst und anschließend wieder abreist", höhnt Bernd. „Aber diesmal lasse ich das nicht zu. Morgen reist sie ab, darauf kannst du wetten."

„Wenn du meine Mutter hinausschmeißt, dann packe auch ich meine Koffer und begleite sie!"

„Nur zu, tu dir keinen Zwang an. Wenn du willst, helfe ich dir sogar beim Packen, damit es schneller geht und ich euch los bin."

Mit einem Ruck stößt Elke den Stuhl zurück, auf dem sie sitzt und steht, auf.

„Warum sollen Mutti und ich bis morgen warten? Nein, wir gehen gleich. In einer Stunde haben wir diese Wohnung verlassen. Und du, mein Lieber, kannst zusehen, wie du ohne mich zurechtkommst."

Bernd ist ebenfalls aufgestanden und sieht Elke wütend an.
In diesem Moment öffnet sich die Küchentür und eine alte Frau steckt den Kopf durch.

„Was ist denn hier los? Euer Gebrüll hört man ja in der ganzen Wohnung. Wie soll man da denn schlafen?"

„Du kommst gerade recht", wendet Bernd sich an die Frau. „Kannst gleich mit deiner Tochter die Koffer packen. Sie will mich nämlich verlassen."

„Na endlich!"

Elkes Mutter strahlt ihre Tochter glücklich an.

„Wurde auch Zeit, Kind, dass du dieses Scheusal von Mann verlässt. Ich habe ja schon immer gesagt, dieser Mann ist nichts für dich."

Was Bernds Schwiegermutter weiter sagt, hört er nicht mehr, denn er hat bereits die Küche verlassen, um die Koffer aus dem Keller hochzuholen.
In spätestens zwei Wochen, wenn sich die Wogen geglättet haben, wird Elke zurückkommen. Und Bernd weiß auch schon, womit er ihr eine Freude machen kann.

05. Auf in den Himmel!

Da stehe ich nun vor einer Gruppe von weiblichen Geistern. Mir ist im wahrsten Sinne des Wortes das Herz vor Angst in die Hose gerutscht. Ich, die Scheue, die Zurückhaltende, ich soll vor diesen Wesen laut sprechen. Dass mir, wo ich doch lieber im Hintergrund agiere, da wo mich keiner wahrnimmt.

Aber die Geister lassen mir keine Wahl. Sie drängen mich, sie flüstern miteinander und blicken mich mit drohend dunklen Augen an. Einige erheben sich von ihren steinernen Sitzen und breiten die schwarzen Flügel aus. Sie schweben wie wild um mich herum. Ihre

Flügel streifen peitschend meinen Rücken und hinterlassen schmerzende blutrote Striemen. Ich drehe mich um und versuche zu flüchten. Unmöglich!

Vor der Tür stehen zwei riesige, schrecklich aussehende Wächter mit scharfen Säbeln in den Pranken, die sie mir drohend unter die Augen halten. Meine Kehle ist wie ausgedörrt. Die zwei Ungeheuer drängen mich Schritt um Schritt zurück in die Mitte des Saales. Eine eisige Stimme fordert mich auf, endlich anzufangen. Angstschweiß rinnt mir den Rücken herab. Ich hauche meinen Rufnamen.

„Tina"

Das weibliche Geistwesen mit der eisigen Stimme betrachtet mich prüfend vom Kopf bis zu den Zehenspitzen. Dann bleibt ihr Blick auf meinem Gesicht haften. Ich fühle mich unbehaglich und knete nervös meine Hände.

„Willkommen bei uns! Nimm deinen Platz in unseren Reihen ein!"

Befehlend deutet der Geist auf einen der freien steinernen Plätze. Ich aber stehe wie festgenagelt. Kann mich keinen Millimeter bewegen. Ich? Ausgerechnet ich soll meinen Platz zwischen den Geistern der Hölle einnehmen? Nein, unter keinen Umständen! Allein der Gedanke daran wäre total absurd. Auf keinen Fall gehöre ich hierher.

Hilfe!

Ich will augenblicklich weg von diesem Ort. Wo ist hier der Ausgang? Ich bin noch nicht tot und wenn, dann will ich in den Himmel kommen und nicht in die Hölle. Auf einer weißen Wolke sitzend, als Engel über der Erde schweben.

Von dort oben werde ich dann auf die gute alte Erde herabblicken, um zu erfahren, wie meine Tochter ihr Leben gestaltet. Ob sie glücklich oder unglücklich; geizig oder großzügig, ernst oder humorvoll; arm oder reich ist.

Nein, die Hölle ist mir zu dunkel und viel zu heiß mit ihren lodernden Flammen.

Im Himmel dagegen ist es hell und licht. Wunderschöne Musik wird dort vom Engelsorchester gespielt und der Chor lässt seine glockenhellen Stimmen erschallen. Niemand zwingt mich dort zu irgendetwas. Ich bin als Engel Herr über mich selbst und kann tun, was mir Spaß macht.

Also raus aus dieser Hölle und hinauf in den Himmel!

06. Ein wunderbarer Ort

Tod! Was ist das eigentlich? Keiner kann es genau sagen. Auch ich weiß nicht, was der Tod bedeutet. Einige sagen, nur der Körper stirbt, aber die Seele lebt weiter. Andere wiederum behaupten, dass nichts von dem Menschen oder dem Tier übrig bleibt. Beweise gibt es nicht. Noch nie ist ja ein Mensch lebend aus dem Himmel oder der Hölle zurückgekehrt und konnte den Erdenbewohnern von dem, was er dort gesehen und erlebt hat, berichten.

Nahtoderfahrungen haben dagegen viele Menschen gemacht. Unabhängig vom Alter, dem Geschlecht, der Religionszugehörigkeit oder der Kultur. Auch ich hatte vor vielen Jahren das Vergnügen eines Nahtoderlebnisses. Dazu muss ich bemerken, als man mich ins Leben zurückholte, war ich alles andere als erfreut. Im Gegenteil! Ich war total zornig. Die Ärzte zwangen mich, einen wunderschönen Ort zu verlassen. Zurück auf der Erde fühlte ich mich lange Zeit vollkommen leer. Als gehörte ich nicht mehr zu den Menschen. Alle ihre Probleme und auch meine kamen mir mit einem Male vollkommen belanglos vor. Wenn ich abends die Augen schloss und ins Reich der Träume glitt, dann kehrte ich an diesen wunderbaren Ort zurück. So als wollte meine Seele dort den Frieden finden, den sie hier auf Erden nicht bekam. Manche Tage weinte ich und verfluchte die Tüchtigkeit der Mediziner, die eigentlich nur ihre Pflicht getan hatten.

Lange Zeit verging, bevor ich mich wieder richtig auf das Leben einlassen konnte. Mechanisch tat ich zwar jeden Tag meine Pflicht. Ich funktionierte sozusagen wie ein Roboter. Aber Freude hatte ich an keiner meiner Tätigkeiten. Das Leben auf der Erde war zur Hölle für mich geworden. Erst sehr langsam konnte sich meine Seele wieder dem Leben hier auf Erden zuwenden. Ich erkannte, dass ich von den Bewohnern des Himmels deswegen nicht aufgenommen wurde, weil die Aufgaben, die ich hier auf Erden habe, noch nicht gelöst sind.

Niemand kann sich einfach aus dem Leben stehlen und anderen seine Arbeit überlassen. Nein, jeder muss sein

Leben führen und die gestellten Aufgaben so gut es eben geht erledigen.

Das habe ich letztendlich erkannt und versuche hier mein restliches Erdendasein so gut wie möglich zu leben.

Eins aber weiß ich mit Sicherheit. Angst vor dem Tod habe ich nicht mehr. Nur vor einem mit Schmerzen verbundenen Sterben. Für mich bedeutet der Tod nichts Schlimmes mehr. Ich bin überzeugt davon, dass ich zurückkehren werde an den wunderbaren Ort, den ich während meines Nahtoderlebnisses kennenlernen durfte. Ein Ort voller Licht und Frieden.

07. Die Waschmaschine

Die Waschmaschine hat ihr Programm beendet und wartet nun geduldig darauf, dass ihre Tür geöffnet und sie von dem lästigen Inhalt, genannt Wäsche, befreit wird. Erwartungsvoll starrt sie auf die Tür des Waschraumes, die sich jeden Moment öffnen kann. Schon vermeint sie, eilige Schritte zu hören. Die Waschmaschine, welche seit vielen Jahren treu und brav ihren Dienst in diesem Haushalt tut, seufzt vor Erleichterung, als die Dame des Hauses den Raum betritt und die Tür entriegelt.

Endlich! Dies wurde aber auch Zeit!

Die Frau greift in die Trommel und zieht ein Wäschestück nach dem anderen heraus. Jedes Teil wird in einen eigens dafür bereitstehenden Wäschekorb geworfen. Leicht wie eine Feder fühlt sich die Waschmaschine, als sie geleert ist. Was für ein herrliches Gefühl! Jetzt hat sie ein paar Tage Ruhe, bevor die nächste Ladung Schmutzwäsche in ihrem Inneren landet. Die Maschine versteht nicht, warum die Menschen ständig ihr Aussehen verändern müssen. Sie macht das schließlich auch nicht. Seit dem Tag, an dem sie in den Waschraum geschoben wurde, hatte sie nicht ein einziges Mal ihr Outfit gewechselt. Zugegeben, ab und zu wurde sie, wenn es der Dame des Hauses gerade in den Sinn kam, mit einem feuchten weichen Lappen von außen und innen gereinigt. Aber niemals bekam sie ein anderes Kleid übergezogen.

Das Einzige, was sie im Laufe der Jahre zu spüren bekam, waren die Wutausbrüche der Menschen in diesem Haus, wenn zum Beispiel ein Wäschestück verfärbt, eingelaufen oder sogar verschwunden war. Schuld daran war natürlich nicht sie, die Waschmaschine, sondern diejenigen, die ohne zu überlegen einfach die schmutzige Wäsche in ihre Trommel warfen und dann von ihr verlangten, diese auf das gründlichste zu reinigen. Vollauf mit dieser Aufgabe beschäftigt, kam ihr nicht mal annähernd der Gedanke, Wäsche verschwinden zu lassen, einzufärben oder zu verkleinern. Konnte sie was dafür, wenn die Menschen zwischen der Weißwäsche eine bunte Bluse legten oder wenn die linken Socken des Hausherrn beschlossen, durch ihren Abfluss abzuhauen, um sich die Welt anzusehen? Nein, daran hatte sie nun wirklich nicht die geringste Schuld.

Sollten doch die Menschen eben besser mit den ihnen anvertrauten Sachen umgehen. Dann würde so was nicht passieren. Schließlich kümmerte sie sich auch rührend um alle ihre Freunde. Als da wären die Trommel, das Waschprogramm, der Wasserschlauch, die Tür und nicht zu vergessen das Abflussrohr. Mit allen von ihnen führte sie seit vielen Jahren eine innige Freundschaft und das würde, nach Ansicht der Waschmaschine, noch viele Jahre so bleiben, wenn nicht die Dame des Hauses auf den entsetzlichen Gedanken kommt, sich eine Neue kaufen zu wollen.

Dann wird man sie, die alte Maschine, auf dem Schrottplatz entsorgen und sie würde den langsamen Tod aller ihr vorangegangenen Waschmaschinen sterben.

08. Puschel, das eigenwillige kleine Auto

Wann genau das bunte Wägelchen vor dem Haus des Lehrerehepaares Knöterich auftauchte, wusste keiner von beiden genau zu sagen. Jedenfalls eines Morgens, als Herr Oberlehrer Knöterich wie üblich die Jalousien emporzog, stand das Auto direkt vor der Auffahrt. Das

Komische daran war, dass alle Türen des seltsamen Autos weit geöffnet waren. Herr Knöterich schlüpfte in seinen graumelierten, verschlissenen Morgenmantel und verließ in dieser Aufmachung das Haus, um sich den seltsamen motorisierten Gast genauer anzusehen.

Kaum stand Herr Knöterich vor dem Auto, flogen wie wild die Türen auf und zu und ein seltsames pfeifendes Geräusch ertönte aus der Motorhaube. Es hörte sich an, als würde ein Hund sein Herrchen, welcher lange abwesend gewesen war, begrüßen. Verblüfft lief der Oberlehrer um das Auto herum. Er wusste nicht, was er von der ganzen Sache halten sollte.

Puschel, so hieß der kleine Wagen, startete seinen Motor und rollte langsam direkt auf Herrn Knöterich zu. Ehe dieser überhaupt merkte, was passierte, hatte ihn der kleine Wagen an den Gartenzaun gedrängt. Herr Knöterich konnte weder vor noch zurück. Er war komplett von Puschel eingekeilt. Hilfesuchend blickte sich der Oberlehrer nach allen Seiten um. Aber wie es man im Leben so ist, gerade, wenn man sich in einer Notlage befindet, ist kein menschliches Wesen in der Nähe. Die Straße, in der das Ehepaar Knöterich wohnte, die sonst um diese Zeit stark befahren war, lag wie ausgestorben da.

Herr Knöterich versuchte, seinen Kopf zur Seite zu drehen. Vielleicht hörte ihn ja Frau Knöterich. War zwar eher unwahrscheinlich, denn um diese Zeit nahm sie gewöhnlich ihre Dusche. Aber vielleicht hatte er Glück und seine Frau hatte ihre Morgentoilette gerade beendet. Der Oberlehrer holte tief Luft und brüllte los:

„Lieschen, Hilfe! Komm sofort raus! Du musst mir helfen!"

Aber kaum hatte Herr Knöterich angefangen zu brüllen, prustete und schnaufte Puschel, was das Zeug hielt. Er ließ den Motor aufjaulen, die Räder drehten sich auf der Stelle. Der Wagen veranstaltete solch einen Lärm, dass Frau Knöterich mit Sicherheit ihren Mann nicht hören konnte. Herr Knöterich verzweifelte. Wie sollte er sich bloß von diesem Auto befreien?

Gegenüber beim Haus der Familie Appelboom wurde ein Fenster geöffnet. Herr Appelboom absolvierte wie jeden Morgen, immer kurz vor dem Frühstück, seine Morgengymnastik. Wie üblich begann er mit 100 Kniebeugen. Danach folgten die Bodenübungen. Herr Appelboom legte viel Wert auf körperliche Ertüchtigung. Nur folgte sein Körper nicht seinem inneren Willen. Herr Appelboom trug einen mächtigen Bauch vor sich her.

„Das liegt in den Genen!", erklärte er jedem, der ihn darauf ansprach.

In Wahrheit kochte Frau Appelboom einfach zu gut. Außerdem hatte Herr Appelbooms Mutter ihm von frühester Jugend an erklärt, man dürfe nichts verkommen lassen. Herr Appelboom, in seiner Gutmütigkeit, opferte sich heroisch, wenn seine Familie mal wieder zu viel vom Essen übrig ließ.

Oberlehrer Knöterich bemerkte Herrn Appelboom am Fenster. Er regte seine Arme hoch in die Luft und fuchtelte mit ihnen wild herum, dabei schrie er so laut er konnte. Puschel, der dieser Aktion beiwohnte, handelte sofort. Er öffnete den Kofferraum, sodass Herr Appelboom nur den kleinen bunten Wagen vor dem Hause der Nachbarn, aber nicht den verzweifelten Oberlehrer sehen konnte und ließ erneut den Motor aufheulen.

Herr Appelboom, der soeben bei der fünfzigsten Kniebeuge angelangt war, wunderte sich nicht wenig über den Lärm, den die Nachbarn veranstalteten. So was kannte er überhaupt nicht von denen gegenüber. Die Knöterichs waren doch eher von der stillen Sorte. Oder sollte der Sohn von denen, der Hugo, der ewige Student, dieser Tunichtgut, etwa zu Besuch gekommen sein. Das würde den Krach ohne Weiteres erklären. Im Gegensatz zu dem Ehepaar Knöterich dachte dessen Sohn Hugo in keinster Weise daran, etwas aus seinem Leben zu machen. Er lag seinen Eltern permanent auf der Tasche.

Die Kirchturmuhr des kleinen Städtchens läutete die siebte Stunde ein. Um acht Uhr fing die Schule an. Wie sollte Herr Knöterich es schaffen, unter diesen Umständen noch rechtzeitig vor seinen Schülern zu erscheinen? Noch nie in seiner gesamten beruflichen Laufbahn als Lehrer war er je zu spät zum Unterricht erschienen?

Frau Knöterich drehte den Hahn der Dusche zu und griff nach dem Badetuch. Schnell rubbelte sie sich trocken und schlüpfte in die bereitliegenden Kleidungsstücke. Frau Knöterich war Lehrerin an einem

Mädchengymnasium. Manchmal wünschte sie sich, wie ihr Mann an einer gemischten Schule arbeiten zu können, denn die Mädchen an ihrer Schule schafften die Lehrer ganz schön.

„Flöhe hüten ist leichter!", versicherte sie ständig ihrem Gatten. „Sei froh, dass wir nur den Hugo bekommen haben!"

Darüber war Herr Knöterich sehr froh. Aber so richtig aufblühen tat er erst, als der Hugo, sein Sohn, mit Sack und Pack das Elternhaus verließ und sein Lieschen sich wieder nur um ihn, ihren Ehemann, kümmerte. Leider kehrte Hugo in regelmäßigen Abständen in die elterliche Höhle zurück und belegte die Mutter mit Beschlag.

In der Küche bemerkte Lieschen Knöterich, dass der Frühstückstisch ungedeckt und von ihrem Mann weit und breit nichts zu sehen war. Nur draußen vor dem Haus schienen die Teufel los zu sein.

„Wie soll ein anständiger Mensch bei so einem Krach frühstücken. Aber den Radaubrüdern werde ich schon Bescheid stoßen. Die sollen mich kennenlernen!"

Entschlossen griff die Lehrerin nach dem Nudelholz, das auf dem Küchenregal lag. Schließlich wollte sie solchen Leuten nicht unbewaffnet gegenübertreten. Dann lief sie mit grimmigem Blick und zusammengekniffenen Lippen die Auffahrt hinunter.
Vor dem Gartenzaun angekommen, blieb Frau Knöterich wie angewurzelt stehen. Puschel versuchte gerade Herrn Knöterich mit der Fahrertür in sein Inneres zu

bugsieren. Was nicht einfach war, denn Herr Knöterich wehrte sich. Aber Puschel dachte nicht daran, aufzugeben. Herr Knöterich musste einsteigen, ob er wollte oder nicht.

Frau Knöterich bot sich ein überaus seltsamer Anblick. Ihr Gatte lag mit dem halben Oberkörper in diesem bunten Auto, während dieses seine Tür ständig auf und zu schlug, was für Herrn Knöterich sehr schmerzhaft war. Schließlich klemmten seine Beine dazwischen.

Die Lehrerin stürzte vor und versuchte mit aller Kraft, die Fahrertür offenzuhalten.

„Schnell komm raus. Lange kann ich die Tür nicht mehr halten. Puschel ist unberechenbar!"

Rückwärts robbte der Oberlehrer aus dem Auto und rannte dann mit seiner Frau, so schnell er konnte, die Auffahrt zurück ins Haus. Keine Sekunde zu früh schlugen die beiden die Haustür zu, da donnerte es auch schon dagegen. Puschel hatte das Paar wutentbrannt verfolgt und versuchte mithilfe seiner Stoßstange die Haustür aufzubrechen. Ein Glück für die Knöterichs, dass ihre Tür aus stabilem Holz bestand. Leider war nun guter Rat teuer. Wie sollten die Knöterichs arbeiten gehen, wenn ein wütendes kleines Auto sie daran hinderte, das Haus zu verlassen? Puschel umkreiste nämlich laut aufjaulend das Haus und schnaufte wie ein wütender Stier.

Herr Knöterich war fix und fertig. Schweißperlen glitzerten auf seiner Stirn. Seine Beine schmerzten und fühlten sich an, als hätten sie in einer Schraubpresse gesteckt. Aber damit nicht genug. In seinem Kopf kreiste es wie ein Mühlrad. Wieso nannte sein Lieschen das Auto

„Puschel"?

Kannte sie etwa dieses Teufelsding?

Gerade als er sie danach fragen wollte, beantwortete die Lehrerin unbewusst ihrem Gatten bereits die Frage.

„Möchte wissen, wie das Auto von Großonkel Heinz hierherkommt. Bestimmt hat er sich mal wieder geweigert, Puschel mit seinem Lieblingsbenzin aufzutanken. Was bei den heutigen Preisen kein Wunder ist. Werde ihn schnell anrufen. Sicher vermisst er seinen kleinen Wagen."

„Und wieso kommt es da ausgerechnet zu uns, dieses Teufelsding? Kannst du mir das mal sagen?"

„Keine Ahnung. Vielleicht wollte Puschel nur, dass du mit ihm zur nächsten Tankstelle fährst und sein Lieblingsbenzin einfüllst."

„Mehr nicht? Und dafür tobt der wie verrückt?"

„Na, ich möchte dich mal sehen, wenn ich dir anstatt deines Lieblingsessens irgendeinen Fraß vorsetzen würde. Ich kann Puschel da voll und ganz verstehen.
Rufe jetzt Onkel Heinz an, damit er weiß, wo sein Auto abgeblieben ist."

Zehn Minuten später kehrte Lieschen Knöterich zurück und verkündete ihrem entsetzt lauschenden Gatten.

„Wir sollen Puschel bei uns behalten. Onkel Heinz fühlt sich zu alt zum Autofahren und ist unter die Fahrradfahrer gegangen."

Seit diesem Morgen wohnte Puschel auf dem Grundstück der Knöterichs. Wer das eigentliche Sagen in diesem Haushalt hatte, ob Puschel oder das Ehepaar, konnte bis heute nicht geklärt werden.

Zeitfracht Medien GmbH
Ferdinand-Jühlke-Straße 7
99095 Erfurt, Deutschland
produktsicherheit@kolibri360.de